우리나라
나비 새 풀 나무

손자 수아, 하겸, 손녀 하은이에게

시인 조동화

　1948년 경북 구미에서 태어났다. 1978년 중앙일보 신춘문예에 시조 「낙화암」이 당선된 후 조선일보 신춘문예에 동시 「첨성대」, 부산일보에 시 「낙동강」이 각각 당선되었다. 시집에 『낙화암』, 『낮은 물소리』, 『영원을 꿈꾸다』, 『나 하나 꽃 피어』 등 8권이 있으며, 중앙시조대상 신인상, 이호우시조문학상, 유심작품상, 통영문학상(김상옥상) 등을 받았다.

그린이 박숙희

　1953년 경남 창원에서 태어났다. 1988년 매일신문 신춘문예에 동화 「꿈 마차 황금마차」 및 1990년 부산일보 신춘문예에 「애벌레의 꿈」이 각각 당선되었다. 동화집에 『진주가 된 가리비』, 『새를 기다리는 나무』, 『뼈쥬리아 공주』, 『난 두목이 될 거야』, 『박숙희 동화선집』, 성경동화 시리즈 『창세기』 등 30여 권이 있으며, 계몽아동문학상, 세종아동문학상 등을 받았다.

우리나라
나비 새 풀 나무

조동화 시 ┃ 박숙희 그림

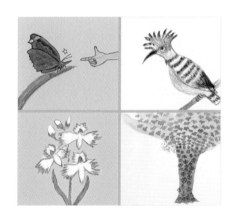

초록숲

이름을 알아갈수록 더 넓고 깊어지는 세계

어린이 여러분! 여러분은 우리나라 나비이름, 새이름, 풀이름, 나무이름을 각각 몇 가지나 아세요? 다섯 가지 정도씩은 자신 있게 말할 수 있나요? 설마 그 정도야 모를까보냐고요? 그러면 각각 열 가지 이상씩은 말할 수 있나요?

그러나 사실은 딱 대놓고 묻는다면 다섯 가지씩도 말하기 어려울지 몰라요. 물론 여간 자신이 있다 해도 열 가지 이상씩 말할 수 있는 어린이는 썩 드물 거고요. 왜 그러냐 하면 요즈음 어린이들은 산과 들을 쏘다니기보다는 스마트 폰과 훨씬 친하고, 학교 수업을 마치고나면 이것저것 방과 후 수업에다 밤이 늦은 시각까지 이 학원 저 학원을 돌아다녀야 하니까요.

내가 어린이였을 때는 스마트 폰도 없고, 방과 후 수업이나 학원 같은 것도 없었답니다. 학교에서 돌아오면 얼마간의 숙제하는 시간 외엔 다 자유 시간이었죠. 그리고 마을 주위의 산과 들이 모두 활동무대였고요. 그러다 보니 물총새 집이 있는 언덕도 알고, 때까치 집이 있는 곳, 산비둘기 집이 있는 곳도 잘 알고 있었어요. 여치가 즐겨 사는 청미래 덩굴 밑이나 귀뚜라미, 풀무치들이 많은 풀밭도 물론 잘 알고 있었고요.

지금도 특히 잊히지 않는 일은 초등학교와 중학교 시절 여름방학이 되면 어김없이 식물채집과 곤충채집을 과제로 해야 하는 일이었어요. 산이나 들에서 식물들을 채집해와 하나하나 펴서 헌 책갈피에 재워두었다가 채집 노트에 한 가지 한 가지 정성스레 붙이

4

고, 어른들에게 물어서 이름을 적어 넣곤 했지요. 바랭이, 쇠비름, 명아주, 달개비, 민들레, 질경이, 쇠뜨기, 산도라지, 잔대 등은 지금도 똑똑히 기억나는 정겨운 이름들이죠. 그뿐이 아니에요. 곤충채집은 또 얼마나 신나는 일이었는지요! 긴 장대가 달린 포충망을 들고 참매미, 말매미, 쓰르라미 등을 잡고, 예쁜 나비가 나타나면 그걸 꼭 잡으려고 숨이 턱에 닿도록 따라가던 일이 어제 일처럼 생생히 떠오른답니다. 아주 곱고 신기한 나비를 따라가다 놓치면 억울해서 그날 밤은 늦도록 잠이 오지 않았지요. 곤충채집을 할 때 중학교에 다니던 마을 형은 좋은 선생님이었어요. 호랑나비, 제비나비, 명주나비, 먹나비 등은 그때 내가 알게 됐던 이름들이에요.

어린이 여러분이 이 동시집을 읽어나가노라면 처음 보는 나비이름, 새이름, 풀이름, 나무이름들이 많이 나올 거예요. 그땐 인터넷 검색 창에 그 이름을 쳐 넣어 보세요. 그러면 즉시 그것이 어떤 것인지 알려줄 거예요. 하나하나 이름과 사물을 일치시켜 나갈수록 여러분은 꼭 그만큼 더 넓고 깊은 세계로 뻗어가는 것이랍니다.

이 책이 나오기까지 일체의 비용을 부담해주신 한국출판문화진흥원, 시에 맞는 그림을 그리기 위해 갖은 수고를 아끼지 않은 박숙희 선생님, 이렇듯 좋은 책으로 꾸며준 도서출판 초록숲 출판사에도 두루 감사드려요.

조동화

제1부

우리나라 나비

6

제2부

우리나라 새

제3부

우리나라 풀

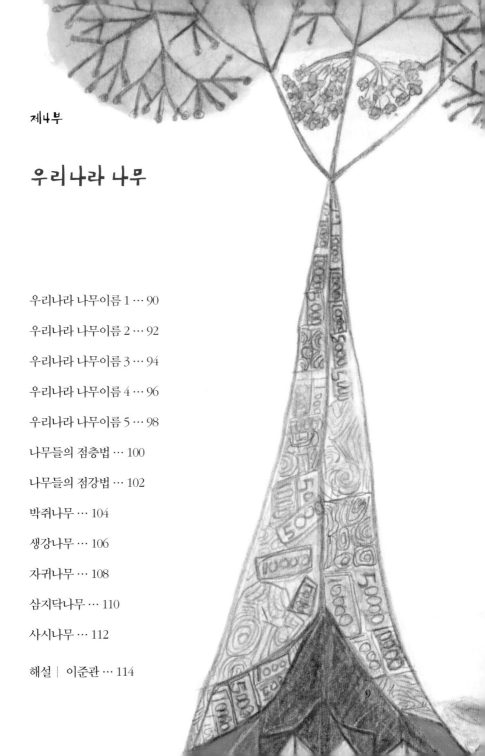

제4부

우리나라 나무

9

제1부

우리나라 나비

나비들의 애벌레와 먹이식물

갈구리나비 애벌레는
섬갯장대 잎을 먹고
갈구리나비가 된다

거꾸로여덟팔나비 애벌레는
거북꼬리 잎을 먹고
거꾸로여덟팔나비가 된다

수풀떠들썩팔랑나비 애벌레는
기름새 잎을 먹고
수풀떠들썩팔랑나비가 된다

작은홍띠점박이푸른부전나비 애벌레는
돌나물을 먹고
작은홍띠점박이푸른부전나비가 된다

지구상에 살고 있는
약 1만 종의 나비들의 애벌레와
짝을 이룬 먹이식물들

아! 누가 언제
이 많은 짝들을 만들어
우리 곁에 살아가게 했을까?

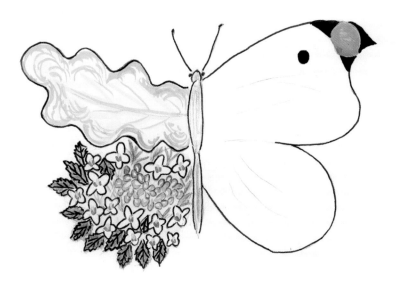

여름방학이 되면

여름방학이 되면
아빠와 함께
산으로 들로 다니며
나비채집을 하고 싶다

전 세계
약 1만 종 나비 가운데
40분의 1인
250종이 산다는
우리나라 나비

영국은
면적이 우리나라와 비슷한데도
높은 산이 없고
기후가 단조로워
겨우 60여종밖에
나비가 없다는데

남북으로 길이가 길고
대부분이 산악지대에다
3천여 개의 섬까지 딸려 있어
종류가 풍부하고 다채롭다는
우리나라 나비들

여름방학이 되면
아빠와 함께
포충망이 달린 긴 장대
어깨에 메고
꽃처럼 고운 무늬를 가진 나비들
눈으로 직접
확인해 보고 싶다

제일 긴 나비이름

우리나라
사람 이름 가운데
제일 긴 이름은

1위가
황금독수리온세상을놀라게하다
2위가
금빛솔여울에든가오름

우리나라
나비 이름 가운데
제일 긴 이름은

1위가
작은홍띠점박이푸른부전나비
2위가
큰홍띠점박이푸른부전나비

어때요?

사람이름과 막상막하지요?

뿔나비

뿔! 하고
말하는 순간
사나운 코뿔소가
생각나지만

나비 가운데
유일하게
뿔을 가진
뿔나비

그러나 그 뿔은
꽃잎 하나라도
다치게 하는
무기가 아니다

다만
적을 만났을 때
잠깐 겁만 주는
뿔 모양의 뿔

적이 주춤하는 사이
서둘러
달아나기 위한
눈속임의 뿔이다

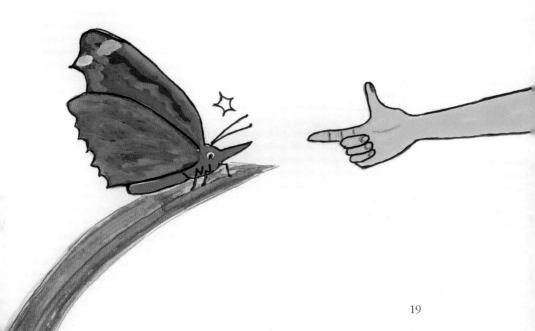

떠들썩한 나비들

우리 마을에
어린 시절 분답하게 나대는 바람에
'분댑이' 라는 이름으로 불리는
할아버지 한 분이 있지요

꼭 그처럼
나비 가운데도
유난히 떠들썩하게
법석을 떠는 녀석들이 있습니다

검은테떠들썩팔랑나비,
유리창떠들썩팔랑나비,
수풀떠들썩 팔랑나비,
이렇게 세 종류가 바로 그들인데요

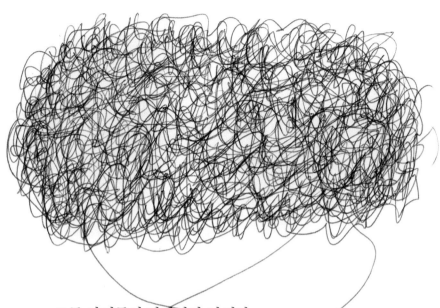

모든 나비들이 팔랑팔랑 날지만
그 중에 특별히 신명이 많아
어딜 가든 한바탕
떠들썩하게 날아야 직성이 풀리는
참 특별한 나비들이지요

시가도*굴빛부전나비

가로세로
길이 잘 뚫린
도시를
귤빛 두 날개에 싣고

6,7월
푸른 숲속을
팔랑팔랑
가로지르는 나비 한 마리

여린
두 날개에 실은
시가지가
무겁기는 무거운가 보다

*도시의 시가지를 그린 그림

저무는 저녁 무렵
가다간 쉬고
또 가다간 쉬며
잡목 숲 저편으로 사라져간다

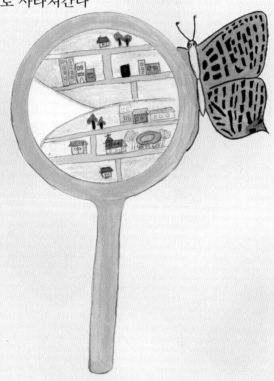

바둑돌부전나비

시원한 나무그늘
나뭇잎 위에서
나비 모양 바둑판을
사이하고 앉아
꼬마 기사 둘이
바둑을 두고 있다

작년에도
재작년에도
두고 있던 그 바둑 한 판
올해도 아직
끝나지 않았나

합죽선을 들고
일렁일렁
바람을 일으킬 때마다
더위가
움찔움찔 물러나는데

이쪽에서
검은 돌 한 점 놓으면
저쪽에서
흰 돌 한 점 올려놓고…
또 하염없이
생각에 잠기는
여름 한낮

거꾸로여덟팔나비

막 한자를
익히기 시작한
개구쟁이

검은 칠판에
흰 분필로
'여덟 팔'
거꾸로 겨우 써놓고

"엄마, 이것 봐
이거
여덟 팔 맞지?" 한다

"아냐.
아니래두."
해도

고개 절레절레 흔들며
"아냐, 엄마
이게 틀림없어." 하며
자꾸만 우기는
개구쟁이

각시멧노랑나비

산수유 가지에
마른 잎 한 장
달려 있다

봄이 와서
이미 꽃이 피었는데
지난 가을 나뭇잎이
아직도 떨어지지 않고
달려 있다

겨울의 드센 바람을
무슨 수로
건너왔나 하고
좀 더 가까이
다가서는
순간

가지를 떠나
팔랑팔랑
저만치 날아가 버리는
나뭇잎
아니,
각시멧노랑나비

돈무늬팔랑나비

짤랑짤랑
동전이 많은
나비야
돈무늬팔랑나비야

나 지금
사탕 한 알 사먹게
동전 한 닢
줄래?

아냐, 아냐
껌 한 통 사먹게
동전 두 닢만
줄래?

등에 잔뜩
동전을 지고 다니는
나비야
돈무늬팔랑나비야

31

꼬마나비들

우리나라
꼬마나비는
모두 일곱 가지
정도가 살지요

까마귀처럼 검은
꼬마까마귀부전나비와
흰 점이 있는
꼬마흰점팔랑나비

전체적으로 검은색의
산꼬마부전나비와
표범무늬가 있는
산꼬마표범나비

줄이 있는
줄꼬마팔랑나비,
수풀에 많은
수풀꼬마팔랑나비,
제주도에 사는
제주꼬마팔랑나비

이렇게
일곱 종류인데
크기가 모두
28밀리미터 정도의
귀염둥이들이랍니다

표범나비

등에
표범 한 마리
태우고 와서

까치수염
하얀 꽃 위에
사뿐 앉아
꿀을 빤다

어느 새도
함부로
제 목숨을
탐내지 말라고

여기,
으르렁거리는
사나운

표범이 있다고

두 문을
천천히
열었다 닫았다
하며

제2부

우리나라 새

새

사람은
하늘 땅 바다를
나누어서 살아도

새들은
무엇 하나
나누는 법이 없다

온 세상
하늘 땅 바다
오고 싶으면 오고

온 세상
하늘 땅 바다
가고 싶으면 간다

39

텃새와 철새

텃새는
텃새라서
언제나
곁에 살고

철새는
철새라서
철 따라
가고 오고

별난 생김새의 새들

오렌지색 부리 위에
검은색 혹을 가진
혹고니

뒷머리에
뿔 모양의 털이 있는
뿔매

구두주걱 같은 부리로
물속을 좌우로 저어서
　　먹이를 잡아먹는
　　　　저어새

42

뒷머리에
예쁜 댕기를 뽐내는
댕기물떼새

머리 깃털이
인디언 추장의 머리장식을 닮아
인디언추장새라고도 불리는
후투티

모두모두
둘째가라면 서러운
멋쟁이들이죠

작은 새와 큰 새

작은 단추는
티셔츠나
와이셔츠에
달고

큰 단추는
오버나
코트에
달듯

뱁새와 참새는
너무 작아
가까이 두고
보고

고니와 두루미는

너무 커서
멀리 두고
또 보고

45

새 이름에 숨겨진 직유법

다음에 해당하는 새 이름을
보기에서 골라 보세요

꼬까옷을 입은 것처럼 고운 물새는?

물레 도는 소리처럼 우는 새는?

'솥 적다, 솥 적다.' 고 울어
이 새가 많이 울면 풍년이 든다는 새는?

꼬리가 부채를 닮은 새는?

제비를 많이 닮은 물새는?

고기를 잡기 위해
물속으로 총알처럼 잠수하는 새는?

〈보기〉

① 제비갈매기
② 꼬까도요
③ 물총새
④ 소쩍새
⑤ 물레새
⑥ 부채꼬리바위딱새

새 이름에 숨겨진 대조법 1
-크기

크다고 큰고니
작다고 좀도요

큰 새라고 황새
작은 새라고 뱁새

큰 기러기라고 큰기러기
작은 기러기라고 쇠기러기

큰 도요라고 마도요
작은 물떼새라고 꼬마물떼새

8

새 이름에 숨겨진 대조법 2
-색깔

희다고 백로
검다고 흑두루미

머리가 푸르다고 청머리오리
부리가 붉다고 붉은부리갈매기

배가 희다고 흰배지빠귀
머리에 검은 댕기가 있다고 검은댕기해오라기

온 몸이 푸르다고 파랑새
머리가 붉다고 붉은머리오목눈이

머리가 검다고 검은머리갈매기
뺨이 희다고 흰뺨오리

51

새 이름에 숨겨진 대조법 3
-사는 곳

산에 산다고 산까치
물에 산다고 물까치

논에 산다고 논병아리
밭에 산다고 밭종다리

산에 사는 도요라고 멧도요
섬에 사는 개개비라고 섬개개비

들에 사는 꿩이라 들꿩
산에 사는 솔새라고 산솔새

민물에 산다고 민물가마우지
　　바닷물에 산다고 바다직박구리

52

참새

깨에
참깨가 있고
마에
참마가 있듯이

수리에도
참수리가 있고
새에도
참새가 있다

세상에
큰 새가 많아도
꼭 아기주먹 만한
진짜 새

봄여름가을겨울
우리 곁에 살며
고 까만 부리로
쩍쩍 노래하는
귀염둥이 참새

곤줄박이

고운 줄을
둘렀다고
곤줄박이인가

꼰 줄이
박혀 있다고
곤줄박이인가

사람 손에
곧잘
포르르 날아와

먹이를
콕콕
쪼아 먹고 간다

사람 곁에 살며
사람과 친구가 되고 싶은
곤줄박이

울도큰오색딱따구리

사람보다 더 오래
외딴 섬 울릉도에 살아온
우리나라 텃새 가운데
가장 긴 이름의 주인공
울도큰오색딱다구리

성인봉이나 나리분지
울창한 숲에 살지만
눈이 많이 내리면
인가 근처까지 내려와
겨울을 난다

날마다 동해 물결 보며
맑은 바람 속에 살아서인가
고목등걸 쪼아대다
문득 마주친 눈망울이
잘 익은 머루 알이다

새들의 사촌

원앙이 닮았다고
원앙이사촌

검둥오리 닮았다고
검둥오리사촌

꺅도요 닮았다고
꺅도요사촌

쇠뜸부기 닮았다고
쇠뜸부기사촌

긴다리솔새 닮았다고
긴다리솔새사촌

60

제3부

우리나라 풀

우리나라 풀이름 1

우리나라 풀이름에는
아득하고 아득한
할머니의 할머니 적
바느질 기구가 들어 있어요

바늘꽃
가위풀
골무꽃

우리나라 풀이름에는
아득하고 아득한
할아버지의 할아버지 적
도구 이름이 들어 있어요

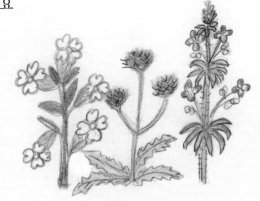

64

절굿대
장구채
갈퀴나물

우리나라 풀이름에는
서럽고 고달픈 삶을 살다간
그 옛날 엄마들의
이야기도 들어 있어요

며느리밥풀
며느리배꼽
며느리밑씻개

우리나라 풀이름 2
-하루해가 꼴딱

나비나물에서
나비 찾다가
뻐꾹채에서
뻐꾸기 찾다가
손바닥난초에서
손바닥 찾다가
한나절이 후딱
가버렸네

삿갓나물에서
삿갓 찾다가
옥잠화에서
비녀 찾다가
물레나물에서
물레 찾다가
하루해가 꼴딱
저물었네

우리나라 풀이름 3
-나도, 너도

엄마가
나에게 무엇을 주면
동생도 달려와
"나도, 엄마!" 라고 하듯이

꽃마리를 닮았다고
나도꽃마리
여우콩을 닮았다고
나도여우콩

밤나무가 아니지만
밤나무와
아주 비슷한
너도밤나무가 있듯이

바람꽃과 비슷하다고
너도바람꽃
골무꽃과 비슷하다고
너도골무꽃

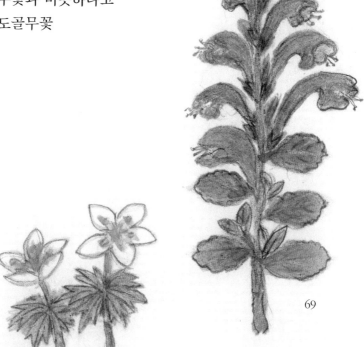

우리나라 풀이름 4
-꽃 필 때라야

꽃 필 때라야
보여요

족도리풀에
족두리

물레나물에
물레

장구채에
장구채

매발톱꽃에
매발톱

광릉요강꽃에
요강

꽃 필 때라야
잘 보여요

숲속의 한 때

끈끈이주걱*이
끈끈한 주걱으로
막 실잠자리 한 마리
잡으려 할 때

광대수염은
제 새끼같이 불안해서
에헴! 에헴! 하며
자꾸만 수염을 쓰다듬고

도깨비부채는
또 저리 가라고
  부채를 다섯 개씩 펴들고

72

일렁일렁 부채질을 하는데

장구채 역시
더는 못 참고
네댓 개 장구채를 들고
힘차게 장구를 두드렸어요

* 우리나라 산속에서 자라는 여러해살이풀로
　벌레를 잡아 양분으로 쓰는 특이한 식물.

풀들의 별명

내 친구 호찬이가
생각이 많아
어디서든 멍하니 서 있곤 하는 바람에
'우두커니' 라는 별명으로
곧잘 불리듯이

우리나라 풀들도
나도옥잠화는 '당나귀나물' 로
제비꽃은 '오랑캐꽃' 으로
고려엉겅퀴는 '곤드레나물' 로도
각각 불리곤 하지요

그런데 우리나라 풀 중에
제일 긴 별명을 가진 풀은
은방울꽃으로
'화냥년속고쟁이가랑이풀' 이란
별명을 가졌는데요

아빠 이야기에 따르면
병자호란* 때
청나라에 잡혀갔다 돌아온
여인들의 슬픈 이야기가 서려
이런 특별한 별명으로
불리게 되었대요

내 친구 수길이가
걸핏하면 부스스한 머리를 하고 다녀
제 이름은 두고
'자다 부시시'란 별명으로
곧잘 불리듯이

* 1636년(인조 14)
  청나라가 침입한 난리.

산골 장날

톱장수 톱풀
바늘장수 바늘꽃
가위장수 가위풀
골무장수 골무꽃
투구장수 투구꽃
갈퀴장수 갈퀴덩굴
짚신장수 짚신나물
놋젓가락장수 놋젓가락나물

산골 장날
온갖 장수 다 모였다

냄새로 풀 마을 찾기

온갖 풀들이 우거진
골짜기를 오르노라면
독특한 냄새들이
여기요! 여기요! 하고
콧속을 간질이는
마을들이 있지요

쥐 오줌 냄새가
풍기는 걸 보아하니
여기는
쥐오줌풀 마을

누린내가
가득한 걸 보아하니
저기는
누린내풀 마을

노루오줌 냄새가
물씬 나는 걸 보니
요오기는 또
노루오줌풀 마을

여우 오줌 냄새가
코를 콕 찌르는 걸 보니
조오기는 또
여우오줌풀 마을

온갖 풀들이 우거진
골짜기를 오르노라면
흠 흠 흠
코만 벌름거리면
눈 감고도 찾아갈 수 있는
마을들이 있지요

진짜 풀들

깨에만 참깨가
있는 것이 아니다

좁쌀풀에도
참좁쌀풀이 있고

으아리에도
참으아리가 있다

마에만 참마가
있는 것은 아니다

개별꽃에도
참개별꽃이 있고

갈퀴덩굴에도
참갈퀴덩굴이 있다

너는 본 적 있니?

방울새난초에 사는
예쁜 부리의 방울새를
보았다고?

잠자리난초에 사는
네댓 마리씩의 흰 잠자리들도
보았다고?

제비난초에 사는
재잘대는 은빛의 제비 떼까지
다 보았다고?

그럼, 하나만 더 물어보자
해오라비난초에 사는
눈부신 해오라비들의 날갯짓을
너는 본 적 있니?

도둑놈의 갈고리

세상에서 제일 재미있는
풀이름
도둑놈의갈고리란
이름을 들어보셨나요?

도둑놈의갈고리,
큰도둑놈의갈고리,
애기도둑놈의갈고리
이렇게 세 부족이
우리나라에 살고 있지요

도꼬마리나
도깨비바늘은
너무 강하게 달라붙는 바람에
금방 눈치 채고
떼어버리지만

도둑놈의갈고리 일족은
열매 끝에 달린
앙증맞은 고리 하나로
은근슬쩍 매달리는 바람에
이름과는 달리
왠지 밉지 않은 녀석들이지요

이 가운데 제일 막내가
애기도둑놈의갈고리인데
잊지 마세요,
셋 중에 젤 작아도
세상에선 제일 재미있는
이름의 주인이니까요

삼지구엽초

겨우 구구단
3단까지만 배워
봄 마중 나온 개구쟁이

삼일은 삼
삼이는 육
삼삼은 구…

여기에서 그만
더 외우지 못하고
막혀 버렸다

세 개의 팔,
팔 하나하나마다
세 개씩의 손바닥을 들고

뭐더라?
다음이 뭐더라?
이윽히 생각에 잠긴
삼지구엽초

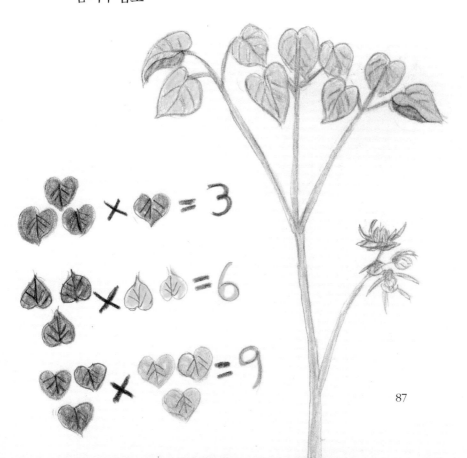

제4부
우리나라 나무

우리나라 나무이름 1

잎 모양이
여덟 갈래로 갈라진 것은
팔손이나무
일곱 갈래로 갈라진 것은
칠엽수

열매가
쥐똥처럼 까말 땐
쥐똥나무
팥처럼 붉을 땐
팥배나무

90

근처에 이르러
말 오줌 내가 나면
말오줌나무
누린내가 나면
누리장나무

불에 탈 때
꽝꽝 소리를 내는 녀석은
꽝꽝나무
자작자작 소리를 내는 녀석은
자작나무

우리나라 나무이름 2

아름드리 메타스퀘어들이
하늘을 차일*처럼 떠받친 수목원

너도밤나무 나도밤나무 사이로
너랑 나랑 손잡고 걸어가

오갈피나무 근처에서
한참이나 오락가락 하다가

헛개나무 곁에 이르러
그만 허기가 났지

*햇볕을 가리기 위하여 치는 포장.

다정큼나무 아래서
다정하게 도시락을 꺼내 먹고

쉬나무 곁 화장실에서
쉬를 한 다음

산뽕나무 아래를 지나며
뽕! 방귀도 한 방 뀐 뒤

돌배나무를 천천히 돌아서
입구로 나왔지

우리나라 나무이름 3
-찾아보자

병아리를 찾아보자
병아리꽃나무

박쥐를 찾아보자
박쥐나무

까치를 찾아보자
까치박달나무

94

매발톱을 찾아보자
매발톱나무

호랑이발톱을 찾아보자
호랑가시나무

95

우리나라 나무이름 4
-어디 있나

가래가 어디 있나
가래나무

부채가 어디 있나
부채싸리

작살이 어디 있나
작살나무

96

딱총이 어디 있나
딱총나무

화살이 어디 있나
화살나무

우리나라 나무이름 5
-섬이 고향이다

댕강나무 말고
섬댕강나무

괴불나무 말고
섬괴불나무

국수나무 말고
섬국수나무

오갈피나무 말고
섬오갈피나무

개야광나무 말고
섬개야광나무

모두모두
섬이 고향이다

나무들의 점층법

아그배나무, 콩배나무, 산돌배나무
이렇게 셋을 차례대로 세워놓고
고로쇠나무 선생님이 말했어요

자, 지금부터 점층법을 설명하겠어요
이 셋이 각기 들고 있는 열매들을
왼쪽에서 오른쪽으로
순서대로 보세요

아그배나무는
가장 작은 아그배를 들고
콩배나무는
그보다 좀 더 큰 콩배를 들고
산돌배나무는
셋 중 제일 큰 산돌배를 들고
각기 제 열매들을
뽐내고 있지요?

바로 이렇게 작은 쪽에서 큰 쪽 순서로
보여주는 방법이 점층법이에요
이제 다 알겠지요?

나무들의 점강법

일본목련, 떡갈나무, 팽나무
이렇게 셋이 나란히 선 곳에서
고로쇠나무 선생님이 점강법에 대해 말했어요

자, 이 셋이 들고 있는 잎들을
왼쪽에서 오른쪽으로 순서대로 보세요

일본목련은 두 뼘씩이나 되는 큰 잎들을,
떡갈나무는 손바닥만큼씩 한 잎들을,
팽나무는 애기손가락만큼씩 한 잎들을
제각기 손에 들고 뽐내고 있지요?

바로 이렇게 큰 쪽에서 작은 쪽으로
설명하는 것이 점강법이에요

점충법과 꼭 반대의 방법이지만
이것 역시 그리 어렵지 않지요?

박쥐나무

나무속에
수많은 박쥐 떼가 살고 있지요

긴 겨울 지나 봄이 오면
그 초록 박쥐들
일제히 밖으로 날아 나오지요

아직 어릴 때 그 박쥐들을
남방잎이라 부르는데
해마다 엄마가 수백 마리씩 잡아
장아찌를 담그면

이번에는
한 마리씩 밥숟가락에 덮여
입 안으로 들어가
상큼한 맛의 박쥐가 되어
혀끝에서 포르르 날아오르지요

생강나무

가지를 꺾으면
생강냄새가 난다는
생강나무

이른 봄 피어나는
산수유꽃 흡사한
노란 꽃을
강원도에선
동백꽃이라고 부르지

김유정 할아버지가 쓴
소설 〈동백꽃〉에 나오는
"한창 피어 퍼드러진
노란 동백꽃"이
바로 이 꽃이야

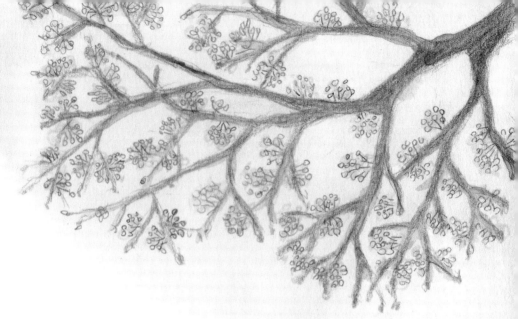

할머니는 이 나무를
아무것도 버릴 것 없는
쓰임새가 많은 보배나무라고
입에 침이 마르도록
칭찬하시곤 하지

꽃은 꽃차로,
새순은 작설차로 우려마시고
자란 잎은 쌈도 싸먹고
줄기는 토막으로 잘라
달여 마시면
몸에 두루 좋다는
생강나무

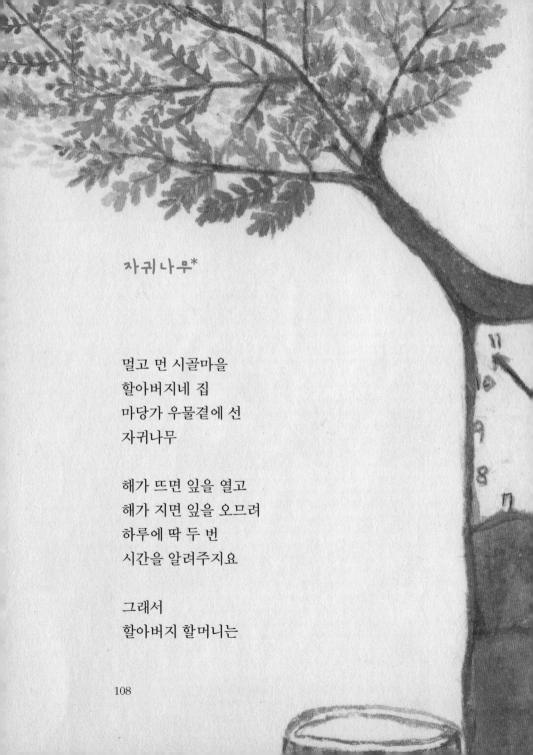

자귀나무*

멀고 먼 시골마을
할아버지네 집
마당가 우물곁에 선
자귀나무

해가 뜨면 잎을 열고
해가 지면 잎을 오므려
하루에 딱 두 번
시간을 알려주지요

그래서
할아버지 할머니는

108

날 흐려도
자귀나무 잎 열리면
아침밥을 먹고
비 내려도
자귀나무 잎 오므리면
저녁밥을 먹지요

멀고 먼 시골마을
할아버지네 집
마당가 우물곁에 선
푸르디푸른
자귀나무 시계

* 이 나무는 잎이 아침에는 열리고 저녁에는 닫히는데 마치 잎이
  닫힌 모습이 귀신같다고 자귀나무라는 이름이 되었다 함

삼지닥나무

닥나무는 닥나무지만
한 번에 꼭 세 가지씩
가지가 나온다고
삼지닥나무래

가만 있자
한 번 가지가 나오면
세 가지
두 번 가지가 나오면
아홉 가지
세 번 가지가 나오면
와! 벌써 스물일곱 가지야

이른 봄
향기롭고 샛노란
꽃을 피우는
삼지닥나무

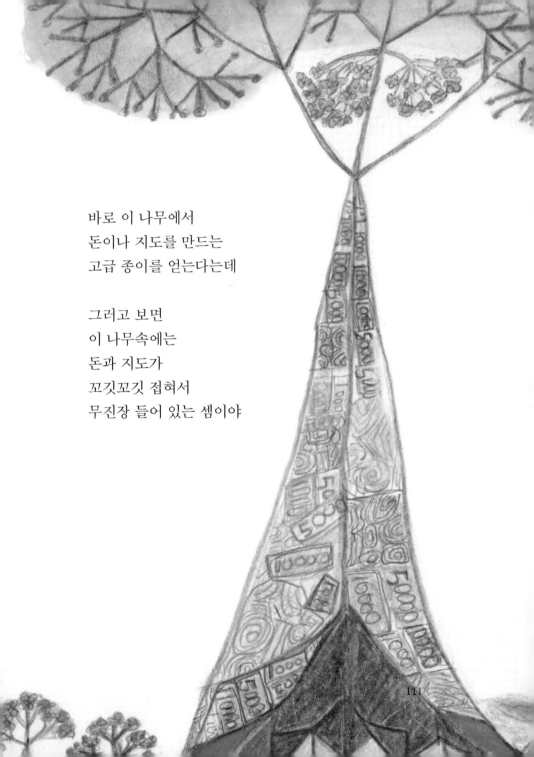

바로 이 나무에서
돈이나 지도를 만드는
고급 종이를 얻는다는데

그리고 보면
이 나무속에는
돈과 지도가
꼬깃꼬깃 접혀서
무진장 들어 있는 셈이야

사시나무

사시나무는
바람의 감시꾼

개구쟁이 바람이
뒤꿈치를 들고
가만가만 겨드랑이 밑을
지나가려하면

사시나무는
쥐죽은 듯 섰다가도
"어딜! 안 되지." 하고는
잎들을 흔들며 막아선다

"아이쿠! 또 들켰네."
개구쟁이 바람은
쑥스러운 듯
머리를 긁적이며
빙 돌아 다른 곳으로 간다

시인이 들려주는 재미있는
자연의 이야기로 가득한 동시집

이준관 (시인, 아동문학가)

1

조동화 시인은 중앙일보 신춘문예 시조, 부산일보 신춘문예 시, 조선일보 신춘문예 동시가 당선되어 등단한 다재다능한 시인이다. 신춘문예에 당선한다는 것이 얼마나 힘든 일인지는 신춘문예에 도전한 사람들은 잘 안다. 한 번 당선되기도 힘든 신춘문예에 시, 시조, 동시가 모두 당선되었으니 대단한 시적 재능이 아닐 수 없다. 등단한 이후에는 주로 시조와 시를 써서 중앙시조대상 신인상, 이호우 시조문학상, 유심 작품상, 통영문학상 등 큰 상을 수상하였다. 시조집과 시집을 다수 출간하였는데, 그 중에 시 「나 하나 꽃 피어」는 독자들에게 널리 알려져 애송되고 있다. 여기 잠깐 「나 하나 꽃 피어」를 소개해 보고자 한다.

나 하나 꽃 피어
풀밭이 달라지겠느냐고
말하지 말아라

네가 꽃 피고 나도 꽃 피면
결국 풀밭이 온통
꽃밭이 되는 것 아니겠느냐
　　　　　　　—「나 하나 꽃 피어」 부분

　나 하나 꽃 피어 무엇이 달라지겠느냐고 말하지만 나도 너도
꽃 피면 결국 풀밭이 온통 꽃밭이 될 거라고 노래하는 시이다. 내
가 변하고 남도 변하면 세상을 변화시킬 수 있다는 메시지를 담
고 있다. 쉬우면서도 깊은 뜻을 담고 있기에 많은 사람들의 사랑
을 받고 있다.
　이렇듯 시조와 시에서 널리 알려진 조동화 시인이 이번에 첫
번째 동시집을 펴냈다. 일찍이 조선일보 신춘문예에 동시 「첨성
대」가 당선되었지만 시조와 시에 전념하느라 동시 쓰기는 소홀
했는데 이번에 우리나라 나비, 새, 풀, 나무를 소재로 한 동시집
을 묶어내게 되었으니 조동화 시인의 기쁨일 뿐만 아니라 우리
동시단의 큰 경사다.
　신춘문예 당선작 「첨성대」는 보기 드물게 빼어난 동시이다. 30
년 전에 이처럼 시심과 동심이 잘 조화를 이룬 산문동시가 나왔
다는 게 놀랍기만 하다. 이 작품이 빼어난 것은 당시의 심사평을
읽어 보면 알 수 있다. "이번에 첫 자리에 올려놓은 「첨성대」는
하루가 다른 과학시대에 전설을 통해 「첨성대」의 자랑스러움을
겸손한 마음으로, 외로움으로 나타낸 그 마음가짐에 머리가 수
그러지는 작품이다. 이러한 역작과의 만남은 이번 신춘문예의
큰 수확이 되리라고 본다."
　당시 심사를 맡은 윤석중 선생의 심사평이다. 당선작에 대한
이만한 상찬이 어디 또 있으랴. 1983년 작인데 지금 읽어 보아도
그 섬세한 감각과 동화적 구성과 시적 표현이 단연 눈길을 끈다.

이렇듯 빼어난 동시를 써서 당선한 조동화 시인이 처음으로 펴내는 동시집이기에 이번 동시집의 무게와 의미가 더욱 각별하게 다가온다.

2

이 동시집은 우리나라 나비, 새, 풀, 나무를 소재로 하고 있다. 그래서일까. 어린 시절에 불렀던 전래동요가 떠올랐다. 교과서에 나오는 노래 말고는 별로 아는 노래가 없었던 시절에 우리들은 옛날부터 전해 내려온 전래동요를 불렀다. 전래동요에는 동물을 대상으로 한 동물요, 풀과 나무를 대상으로 한 식물요가 많았다.

가자 가자 감나무/ 가다보니 가닥나무/ 오자 오자 옻나무/ 십리 절반 오리나무/ 오다보니 오동나무/ 바람 솔솔 소나무/ 방구 뽕뽕 뽕나무/
—「나무 노래」 일부

이런 나무 노래를 흥얼거리다 보면 나무 이름을 자연스럽게 알게 되고 나무에 관심을 갖게 되었다. 전래동요를 통해 음악성도 길러지고 나무에도 관심을 가져 나무의 잎, 꽃, 열매를 눈여겨보게 되고 나아가 자연에 대한 애정과 소중함을 저절로 익히게 되었다. 전래동요는 어린 우리들에겐 노래를 바탕으로 한 생생한 교육의 장이었다.
조동화 시인도 전래동요처럼 우리들 주변에 있는 나비, 새, 풀, 나무의 이름과 생태를 재미있게 시로 썼다. 우리는 나비와 새와 풀과 나무를 늘 보면서도 이름을 정확히 모르는 경우가 많다. 자연도감을 찾아보면 알 수 있지만 학술적인 설명이라 재미가 없

116

어 오래 기억하지 못하고 금세 잊어버린다. 그러나 시로 풀어 쓰거나 전래동요처럼 노래로 만들어 부르면 이름을 쉽게 기억하고 더욱 친근감을 갖게 된다.

영국의 시인이면서 평론가인 C. D. 루이스는「시학입문」에서 수선화를 보는 두 가지 방법을 이렇게 말했다. "세계를 이해시키는 데는 두 가지 종류가 있습니다. 그 하나는 우리의 머리를 통해서이고 다른 하나는 우리의 가슴과 감정을 통해서입니다."라고 하면서 수선화를 예를 들어 수선화에 대한 식물학의 교과서에 나오는 과학적인 설명과 위즈워스의 시 「수선화」를 통한 시적인 설명 중에 시적인 설명이 수선화에 대한 가장 만족스런 설명이라고 말했다.

C. D. 루이스의 말처럼 자연도감에 나오는 과학적인 설명보다는 시를 통한 설명이 더욱 효과적인 것이라는 것은 자명하다. 과학적인 설명은 머리를 통한 이해지만 시적인 설명은 가슴과 감정으로 느끼게 하기 때문이다. 조동화 시인은 우리나라 나비, 새, 풀, 나무를 시를 통해 설명함으로써 머리가 아닌 가슴으로 느끼게 한다.

시인은 친절한 선생님이나 자연 해설사처럼 동식물을 생김새, 크기, 색깔, 냄새, 사는 곳 등 생태적 특성에 따라 분류하여 기억하고 암송하기 쉽게 전래 동요처럼 말의 반복과 리듬을 살려 흥겹게 시로 풀어냈다.

가래가 어디 있나
가래나무

부채가 어디 있나
부채싸리

작살이 어디 있나
작살나무

딱총이 어디 있나
딱총나무

화살이 어디 있나
화살나무
　　　　　—「우리나라 나무이름 4」전문

　전래동요처럼 말의 반복과 흥겨운 리듬이 있는 이런 동시를 읽
다 보면 나무 이름이 저절로 머리에 기억된다. 그리고 나아가 우
리나라 풀과 나무와 나비와 새에 관심과 애정을 갖게 되고 그들
을 사랑하는 마음을 자연스럽게 갖게 된다. 이런 면이 이 동시집
이 갖는 신선한 매력이자 개성적인 특징이다.

　3

　우리나라 나비와 새와 풀과 나무는 생활 주변에서 흔하게 볼 수
있는 만큼 종류가 많다. 가짓수가 많은 만큼 성질이나 특징을 구
별하기가 쉽지 않다. 게다가 이름도 가지가지다. 그러기에 구별하
기도 까다롭고 이름을 알기도 어렵다. 그런 풀과 나무와 나비와
새를 구별하기 쉽게 생김새, 색깔, 크기, 냄새 등 생태적 특성에 따
라 알기 쉽고 찾기 쉽게 분류를 하였다. 그리고 이름과 연관된 재
미있는 사실들을 흥미롭게 엮어서 소개하고 있다. 사람이든 동식
물이든 먼저 이름부터 알아야 친해진다. 특히 동물과 식물에는 생
김새나 특성을 따서 붙인 이름이 많기 때문에 이름을 알면 그들의

생태적 특성을 쉽게 이해할 수 있다. 이런 면에 시선을 돌려 시인은 아이들 눈높이에 맞게 마치 자연 해설사처럼 이름과 생태적 특성을 재미있고 흥미진진하게 시로 풀어 우리에게 들려준다.

이 동시집에는 우리가 잘 모르는 흥미로운 이름과 사실들이 많이 나온다. 그래서 더욱 호기심과 관심을 갖게 한다. 예컨대, 나도옥잠화는 당나귀나물, 제비꽃은 오랑캐꽃 (「풀들의 별명」)처럼 풀들에게도 별명이 있다는 사실이라든지, 꽃마리를 닮았다고 해서 나도꽃마리, 여우콩을 닮았다고 해서 나도여우콩 (「우리나라 풀이름 3」)처럼 비슷하다고 해서 붙인 이름들도 재미있다. 특이한 이름들도 시선을 끈다. 나비 중에 가장 긴 이름을 가진 작은홍띠점박이푸른부전나비 (「제일 긴 나비 이름」), 우리나라 텃새 가운데 가장 긴 이름을 가진 울도큰오색딱따구리 (「울도큰오색딱따구리」)가 그것이다. 또한 아래 소개하는 이름처럼 별난 풀이름도 흥미롭다.

세상에서 제일 재미있는
풀이름
도둑놈의갈고리란
이름을 들어보셨나요?

도둑놈의갈고리,
큰도둑놈의갈고리,
애기도둑놈의갈고리
이렇게 세 부족이
우리나라에 살고 있지요

도꼬마리나
도깨비바늘은

너무 강하게 달라붙는 바람에
금방 눈치 채고
떼어버리지만

도둑놈의갈고리 일족은
열매 끝에 달린
앙증맞은 고리 하나로
은근슬쩍 매달리는 바람에
이름과는 달리
왠지 밉지 않은 녀석들이지요

이 가운데 제일 막내가
애기도둑놈의갈고리인데
잊지 마세요,
셋 중에 젤 작아도
세상에선 제일 재미있는
이름의 주인이니까요
　　　　　　―「도둑놈의갈고리」전문

　이름이 도둑놈의갈고리라니! 참 별나고 신기한 이름이다. "열
매 끝에 달린/ 앙증맞은 고리 하나로/ 은근슬쩍 매달리는 바람
에" 붙여진 이름이란다. 그런데 시인이 말한 대로 이름과 달리
왠지 밉지 않은 생각이 든다. "세상에선 제일 재미있는 이름의
주인"인 애기도둑놈의갈고리는 이름처럼 귀엽기까지 하다.
　풀 못지않게 나무도 종류가 많고 이름도 여러 가지다. 그런 나
무 이름도 재미있게 풀어 소개하고 있다. 열매가 쥐똥처럼 까매
서 붙인 쥐똥나무, 팥처럼 붉어서 붙인 팥배나무 (「우리나라 나

무 이름 1」), 병아리, 박쥐 등 동물 이름을 따서 붙인 병아리꽃나무, 박쥐나무, (「우리나라 나무 이름 3」), 섬이 고향이라서 앞에 섬 자를 붙인 섬댕강나무, 섬괴불나무(「우리나라 나무 이름 5」) 등 신기하고 홍미로운 나무 종류를 소개하고 있다.

사시나무는
바람의 감시꾼

개구쟁이 바람이
뒤꿈치를 들고
가만가만
겨드랑이 밑을
지나가려하면

사시나무는
쥐죽은 듯 섰다가도
"어딜! 안 되지." 하고는
잎들을 흔들며
막아선다

"아이쿠! 또 들켰네."
개구쟁이 바람은
쑥스러운 듯
머리를 긁적이며
빙 돌아
다른 곳으로 간다
　　　　―「사시나무」 전문

사시나무는 바람에 잘 떤다. 그래서 우리는 흔히 무서움에 떨 때 사시나무 떨듯 한다고 말한다. 바람만 스쳐도 떠는 사시나무를 보고 시인은 '바람의 감시꾼'이라고 했다. "아이쿠! 또 들켰네"하고 쑥스러운 듯 머리를 긁적이는 개구쟁이 바람의 모습이 읽는 이를 미소 짓게 한다. 의인화를 통해 동화적 구성을 보여주는 이 동시는 우리를 동화의 세계로 이끈다. 시인은 이처럼 동식물의 이름을 기억하기 쉽게 재미있게 들려줄 뿐만 아니라 우리를 동화의 세계로 이끈다는 점이 이 동시집의 또 다른 매력이다.

우리나라 새 이름은 대조법, 직유법을 활용하여 한눈에 쉽게 알아 볼 수 있게 설명하고 있다. 크기에 따라 크다고 큰고니, 작다고 좀도요(「새 이름에 새겨진 대조법 1 -크기」), 색깔에 따라 희다고 백로, 검다고 흑두루미(「새 이름에 새겨진 대조법 2 -색깔」), 사는 곳에 따라 산에 산다고 산까치, 물에 산다고 물까치(「새 이름에 새겨진 대조법 3 -사는 곳」) 등 대조법을 사용하여 누구나 새를 보면 쉽게 식별할 수 있게 하였다. 아이들이 관심과 흥미를 가질 만한 별난 생김새의 새들도 소개하여 호기심을 갖게 한다.

오렌지색 부리 위에
검은색 혹을 가진
혹고니

뒷머리에
뿔 모양의 털이 있는
뿔매

구두주걱 같은 부리로
물속을 좌우로 저어서

먹이를 잡아먹는
저어새

뒷머리에
예쁜 댕기를 뽐내는
댕기물떼새

머리 깃털이
인디언 추장의 머리장식을 닮아
인디언추장새라고도 불리는
후투티

모두모두
둘째가라면 서러운
멋쟁이들이죠
　　　　　—「별난 생김새의 새들」전문

　이런 동시를 읽으면서 우리는 "아, 이런 멋쟁이 별난 새들도 있
었구나" 하고 새삼 놀라게 된다. 그리고 우리와 함께 사는 새들
의 멋스러움과 아름다움에 대해 경탄하게 된다. 그뿐만 아니다.
별난 생김새를 따서 붙인 이런 새들의 이름을 통해 우리는 새의
생태적 특성을 알 수 있고 나아가 새에 대해 더욱 관심을 갖고 사
랑하는 마음을 갖게 한다.

　4

　시인은 우리나라 나비, 새, 풀, 나무들이 우리들과 닮았다고 말한

다. 그 중에서도 특히 나비가 우리의 아이들과 닮았다고 말한다. 우리나라는 "남북으로 길이가 길고/ 대부분이 산악지대에다/ 3천여개의 섬까지 딸려 있어" (「여름방학이 되면」) 나비 종류가 풍부하고 다채로워 250종이나 되는 많은 종류의 나비가 살고 있다고 한다. 시인은 아이들이 가장 좋아하는 나비를 보면서 그 귀엽고 예쁘고 사랑스런 모습이 영락없이 아이들 모습을 닮았다고 생각한다.

우리나라
꼬마나비는
모두 일곱 가지
정도가 살지요

까마귀처럼 검은
꼬마까마귀부전나비와
흰 점이 있는
꼬마흰점팔랑나비

전체적으로 검은색의
산꼬마부전나비와
표범무늬가 있는
산꼬마표범나비

줄이 있는
줄꼬마팔랑나비,
수풀에 많은
수풀꼬마팔랑나비,
제주도에 사는

제주꼬마팔랑나비

이렇게
일곱 종류인데
크기가 모두
28밀리미터 정도의
귀염둥이들이랍니다.
　　　　─「꼬마나비들」 전문

　28밀리미터 정도의 꼬마나비라니! 상상만 해도 귀엽고 사랑스
럽다. 작고 귀여워서 꼬마 이름이 들어가 있는 꼬마나비들은 팔
랑팔랑 나는 모습이 귀염둥이 아이들과 영락없는 닮은꼴이다.
그리고 일곱 종류의 꼬마나비들이 마치 「백설공주와 일곱 난쟁
이」 이야기에 나오는 숲속 오두막집에 사는 작은 꼬마 난쟁이 같
은 생각이 들어 우리를 동화와 환상의 세계로 안내한다.

　우리 마을에
　어린 시절 분답하게 나대는 바람에
　'분댑이'라는 이름으로 불리는
　할아버지 한 분이 있지요

　꼭 그처럼
　나비 가운데도
　유난히 떠들썩하게
　법석을 떠는 녀석들이 있습니다

　검은테떠들썩팔랑나비,

유리창떠들썩팔랑나비,
수풀떠들썩 팔랑나비,
이렇게 세 종류가 바로 그들인데요

모든 나비들이 팔랑팔랑 날지만
그 중에 특별히 신명이 많아
어딜 가든 한바탕
떠들썩하게 날아야 직성이 풀리는
참 특별한 나비들이지요
　　　　　—「떠들썩한 나비들」 전문

　　나비 가운데 유난히 팔랑거리며 법석을 떨어서 떠들썩팔랑나
비라는 이름이 붙은 나비를 소개하고 있다. "특별히 신명이 많아/
어딜 가든 한바탕/ 떠들썩하게 날아야 직성이 풀리는" 떠들썩팔
랑나비 종류는 신명이 많아 유난히 법석을 떨며 떠들썩한 아이를
닮았다. 떠들썩하게 팔랑거리며 나는 나비에서 개구쟁이 아이들
의 모습이 떠올라 읽는 이를 미소 짓게 한다.
　　검은 칠판에 흰 분필로 "여덟 팔 거꾸로 겨우 써 놓고 여덟 팔
맞지 하고 우기는 개구쟁이"로 묘사하고 있는 「거꾸로여덟팔나
비」, 적을 만나면 잠깐 겁을 주어 적이 잠깐 주춤하는 사이 달아
나기 위해 뿔을 가진 「뿔나비」도 귀엽고 사랑스런 아이들의 모습
을 떠오르게 한다.

　　5

　　이 동시집은 우리나라 나비, 새, 풀, 나무에 대한 유익하고 흥미
로운 이야기를 담은 시로 쓴 자연도감이다. 시인은 친절하고 자

상한 선생님이나 자연 해설사처럼 아주 이해하기 쉽게 우리나라 나비와 새와 풀과 나무를 종류 별로 분류하여 그들의 이름과 생태적 특성을 재미있고 흥미롭게 시로 풀어서 들려준다. 그래서 시를 즐겁게 읽다보면 그들의 이름을 쉽게 기억하고, 구별하기 어려운 복잡한 것들도 한눈에 쉽게 식별할 수 있게 된다. 그리고 잘 몰랐던 새로운 사실을 알게 될 때는 '아하 그랬구나!' 하고 고개가 끄덕여진다. 나비와 새와 풀과 나무에 얽힌 재미있는 이야기와 왜 그 이름을 갖게 되었는지에 대한 흥미로운 이야기에 귀를 기울이면 그들의 생태적 특성을 자연스럽게 알게 되고 친근감과 함께 사랑하는 마음을 갖게 된다.

이 동시집을 읽는 동안 어린 시절 방학 때면 으레 했던 식물 채집, 곤충채집 숙제가 생각났다. 풀이나 나뭇잎을 채집하여 두꺼운 종이에 붙이고 풀과 나무 이름을 적던 추억, 그리고 곤충 채집을 하려고 "포충망이 달린 긴 장대/ 어깨에 메고/ 꽃처럼 고운 무늬를 가진 나비"(「여름방학이 되면」)를 쫓아 산과 들녘을 쏘다니던 아름다운 추억도 떠올랐다. 그 당시 그들의 이름을 몰라 안타까웠던 기억도 함께 떠올랐다. 그 때 이런 동시집이 나왔으면 쉽게 종류를 구별하고 이름을 알았을 텐데 하는 아쉬움이 들었다.

시적 감성과 생태적 특성이 잘 조화를 이룬 재미있고 흥미롭게 시로 쓴 자연도감과 같은 동시집이 바로 『우리나라 나비 새 풀 나무』이다. 이 동시집을 읽으면서 우리나라는 자연 풍경도 아름답지만 우리나라에 사는 나비와 새와 풀과 나무도 아름답고 신비롭다는 생각이 들었다. 아이들이 우리나라 나비와 새, 풀과 나무 이름과 생태적 특성을 흥미진진하게 시로 풀어 쓴 이 동시집을 읽고 이름과 특성을 자연스럽게 익혀서 그들에 대해 관심을 갖고 더욱 사랑하는 마음이 깊어지기를 바란다.

초록숲 동시선 001

우리나라 나비 새 풀 나무

초판 1쇄 발행 2015년 11월 20일
초판 2쇄 발행 2015년 12월 10일

글쓴이 | 조동화
펴낸이 | 박숙희
펴낸곳 | 도서출판 초록숲
등록번호 | 505-2010-000003
등록일자 | 2010. 10. 27

주   소 | 780-240 경북 경주시 형산마을안길 26호(도지동)
전   화 | (054) 748-2788
팩   스 | (054) 748-2788
E-mail | jodonghwa@naver.com

값 11,000원
ISBN 978-89-98932-00-8 03810